なぜ いいふれあいで人生が変わるのか

―言の葉の杖―

篠山孝子 著

も・く・じ

表紙・挿画（押し花画）・篠山孝子

プロローグ

現代は、女性進出などと叫ばれ、多くの人が女性に関心を持つようになりました。以前は「女性は甘えている」「女はダメ」「ウーマンリブ」「キャリアウーマン」「女は差別されている」「いい女」「翔んでる女」「しっかりした女」「男は理性で行動するが女は感情で行動する」「男は能力がなくても出世するが女は能力があっても出世できない」「女性を職場の花としてかざっておく時代は過ぎた」等々……女性に関するさまざまな意見がこんなに出された時代は、かつてなかったように思います。

これは善い意味でも悪い意味でも、多くの人が女性に関心を持つようになったこと、又、女性の生活様式、意識や地位といったものが変革期にあることを示すものでしょう。

私自身の人生をふりかえってみますと、それぞれのライフステージによって、かかえている課題が変わったことに気づきます。筑波山をながめながら、田んぼで遊んだ子ども時代の子どもらしい悩み。優秀な姉妹と比較されコンプレックスに悩んだ青春時代。大学進学をあきらめ邦文タイプを習得した頃。幼稚園教諭をすすめられ、勤務しましたが、文学に対する希望が捨てられませんでした。人生は思い通りに真っすぐには行きません。そんな時、昔の恩師に出会い、先生が学んだ大学をすすめられ受験しました。

田舎とは全く違った生活があると気づかせてくれた東京での学生時代。二年間は邦文タイプの免許があるため、知人の友人である当時の日本弁護士連合会会長、成富信夫先生の自宅から通学させていただきました。先生は九州生まれで、お寺に下宿して東大法学部を卒業し、大蔵省に勤務してから弁護士になられた方です。朝は七時に起床して仏壇に線香をあげ、それから各新聞に目を通してから食事をし、一日を無駄なく過ごされていました。奥様は、明治大学総長・鵜澤總明先生のお嬢様でしたので、礼儀作法や生花（草月流）等習わせていただき大変勉強になりました。

ある日、お手伝いさんが、大根を一本買ってくるのを忘れたので、私に買ってきてほしいと依頼されました。私は大根を一本買ってきました。すると夕方、お手伝いさんが、

「孝子さん、奥様がお茶室まで来て下さいとお呼びです。」

と言うので、私はなんのご用事だろうか……と思ってお茶室に入ると、

「孝子さん、大根は、いくらといくらのがありましたか？」

と聞かれました。

「二十円と、二十五円と、三十円がありましたので、三十円のを買ってきました。」

と言うと、

「買い物は、中間の品物を選ぶものですよ……五円安いと三六五日では、一八二五円も節約になるでしょう。私は、母に結婚を反対され、ゼロから出発したので、生活の知恵を働かせ、工夫してきたのです。」

と話してくれました。

私は、その時、身の引き締まる思いでした。

その年の夏、先生が奥様と、日本弁護士連合会の団長として、二ヶ月間世界一周の研修旅行にお出掛けになるので、私は、原宿の別荘の留守番を依頼されました。別荘には布団一組の打ち返しの綿がありましたので、祖母に教えてもらったことを思い出し、私でよろしかったら仕上げておきますと申し出て仕上げたり、番犬等のお世話の合間に、詩歌集の創作をしておりました。

その後大学を卒業し、教師になると、学校の生徒達の澄んだ眼は私に何かを訴え、生徒達の作品は、私の耳に、「先生、先生」とささやきかける。これをどうするか又悩み、そんな思いを一冊の本にしたためたことなど、どんなときでも、悩みがなくすんなりと生きられたときはありませんでした。いつも壁にぶつかっては、どうのりこえるかを考えながら生きてきました。

今、私はこのようにいそがしかった時代を過去のものとし、人生や自分の生き方を考える余裕もでてきました。

今、日本の社会の中で、人間関係が大きく変化していることを感じています。

二〇世紀の終わり頃から、人間は孤独になったのでしょうか……家族の中にも親殺し、子殺しがあり、模倣犯があとをたちません。そして、最近は奇妙な犯罪が続発するようになりました。人間は、孤独に耐えることは出来ませんから、結局孤独に応えてくれるのは、インターネットの彼方にある出会い系サイトなのです。それが……今の日本です。

昔は、心の視野が広い愛情深い祖父母が子育ての実践者でした。しかし今は核家族が多くなり、家族の愛情もうすれてきました。子どもと共に成長していこうという謙虚な心くばりが不足しています。

ふれあいの中でこそ学びがあり、心をこめた対応で子どもはもの分かりのよい生徒に変身するのだと思います。

子どもを育てあげるには、根気のいる毎日の弛まざる励ましと努力が必要です。親が子どもの指導を、どれだけ心をかけながら、目かけ、手かけ、口かけして尽くしたか、親の態度や姿勢のありようにつながるものだと思います。

　学校の中でも、先生のなにげない会話の中から、一人ひとりの子どもが意欲的になり、これらの意欲が、学習の中にも話し合い活動の中にも表れ始めました。

　意欲は感動から湧きあがるものです。我々教師、親はもちろん、大人達は、さらに精進していかなければならないと思います。

　子どもは、場面が変われば行動も変わるものですから、どんな子どもにでも、よく話を聞いてはき出させ、対応してあげることは、大切だと思います。そして、純粋な心を打ち砕かないようにし、よい点はほめて希望や意欲をもたせたいものです。

　子ども達は、生きた言葉のやりとりによるふれあいによって、日増しに成長していきます。

1

明日への出発

自然とのふれあい

昔の子ども達は、山や野原を歩き回って山ユリやりんどうの花などに心を寄せたり、自然とふれあいながら、生活していたような気がします。

しかし、今、子ども達は試験地獄の谷間に追いやられ、自然とのふれあいなどは失われようとしています。

特に、物質的な繁栄の裏側で遊びが急変化し、情熱や生甲斐の喪失が目立ち、無関心、無感動、無責任の三無主義が氾濫し、恐るべき精神（心）の荒廃が進行しています。昔と今を比べると進学率も高いのに、なぜ、自殺、非行、おちこぼれ、その他、多くの事件が多いのだろうか？　私は教育という言葉に、何となく疑問をいだくこの頃です。

子ども達にとって、いい人生を生きるための教育とは何か、わからなくなってきているような気がします。物が豊富なため、与えられるものの過剰により、自分の力で生きるという、基礎的な人間の力が衰弱しているのだと思います。もう少し真剣に、自分自身の生き方をみつめ、全身でぶつかる生き方ができるよう頑張ってほしいと思います。

なぜ生きるのか？

それは、「人々の役にたつため」そして生きているそのことが、何にも代えられない尊いものであることを、よく考えてほしいと思います。

私は強く自然とのふれあいをすすめたいのです。現代のようにあくせくとした世の中でも、同じ時間を生きる者として、一日に数分でもよいから、美しい自然を見つめ、考え、讃美しながら生活できたらすばらしいと思います。

なぜなら、人間は神秘な自然に心が潤わされるからです。美しい自然を眺めていると自然が話しかけてきます。そして、いろいろなものとの出合いがはじまるからです。

私達の日常生活の中で、毎日なんの気なしに見ているものを、もう一度よく見つめ考えてみると、今までなんでもなかったことが、目には見えなかった世界が、心にうつってきます。それをうつして見ると、いつのまにか讃美の心が湧いてきて、そこから開眼するものがあります。

泉の湧きでるように、考えることが豊かになり、感じることも多くなり、語りあう言葉が美しくひびくようになったら、どんなにすばらしいことでしょう。いつも、生き生きと若さに溢れ、何を見ても美しく、あらゆることを吸収していこうという意欲ある青春時代は、一生の土台を築く建設の時代でもあるのです。ですから、学校で職場で、二度と来ない輝かしい青春を、明るく、悔いなく、力いっぱい生きていただきたいと思います。

感性を磨く

道端の松葉菊が、いつのまにか垣根をこえて花壇に紛れて、紅色の花を咲かせている。どこまで伸びるのだろうか？　また、なんと生命力の強い花なのだろう。

この松葉菊を見ていると、人間も強い意志さえもっていれば、どんな逆境に陥っても、そこから必ず這い上がってくるものだという信念が感じられます。

この現実の人間社会において、真実味のない、ひとりよがりな人間ほど、あわれな人間はいないと思います。他人との交流がないから、自分の心を相手に伝えることができず、心の中でもんもんとしており、時おり自分を表現することがあっても、それは不満の爆発という形をとるから、かえって心の交流を閉ざす結果になるようです。

人間が物事を考えるとき、頭だけで考える考え方と、身体で考える考え方の二つがあるように思います。頭だけで考える人は、いつも不満をもっていることが多いと思います。

たとえば、みんなで仕事をする場合でも、頭だけで考える人は、指図だけして、自分で仕事を引き受けようとはしないから、実際仕事をしている仲間の欠点や、無能ばかりが目について、いろいろ批判をしたくなるのです。それでは、仲間にかわって自分が仕事をすればいいのに、それだけの自信もなく、そんな仕事はバカラシイ、とさえ言うのです。

身体で考えるということは、自分が実行する、自分の経験からのべるということです。仲間と同じレベルで考えるから、実行にあたって、仲間の仕事がうまくいっていないときに、批判ではなくて、具体的なアドバイスや手助けができるのです。そして、なしとげた仕事は、みんなでやった仕事なので、みんなで喜びあい、相互に信頼関係が増すのです。よき仲間とはこのことであり、みんなの幸福が即ち、自分の幸福につながるのです。

私達は、身体で考えられる、つまり、相手の立場に立った考え方のできる人間になりたいと思います。

自分が実行していることと、他の人がやっていることを比較するからよいのですが、自分が考えていることと、他人がやっていることを比較して、相手を軽蔑するようになったら、注意信号と思わざるを得ません。ひとりよがりの人間とは、頭だけで考える人間のことだと思います。

最近、私達女性の中にも、自分さえよければという考えが、だんだん広まってきています。人間の心は、必ず行動にあらわれるものです。自己中心的な行動は、まわりの人の不信をかい、結局は、自分が孤立してゆくのです。

他人への思いやり（愛情）を忘れず、人としての道（真実）を誤らず、自己の責任を果たしてゆくことを学ぶことが、若い女性には特に大切なことだと思います。

外見だけの勉強でなく、心の勉強が、私達にはこれからもっと必要になるでしょう。

生活の知恵

人間が目指すことは、「真善美」の完成と、「健康」だと思います。

常に自己を磨き努力しなければならないと考えます。努力が幸福を築いていく第一歩だからです。

特に、変化の激しい現代では、一生涯にわたって勉強しなければ、この激動の中にしっかりと生きていくことはできないと思います。

最近の若者は、目標のない人生を送っている人が多いと言われます。目標のないところには、向上も進歩もありません。ですから、自己の置かれている現実を、自分の目で的確にとらえ、問題を把握し、複雑な家庭生活の合理的運営能力を身につけ、自らの学習権に目覚め、自主的学習へ持ってゆく力が大切であると思います。

青春時代は、何ごとによらず、もっとも、知識欲、吸収欲の旺盛な時ですから、いろいろな外見的な条件だけにとらわれることなく、内面的な充実に努力して、たいせつな青春を悔いなく過ごしてほしいと思います。

また、人間は健康でなければ、何にも出来ません。今の時代は、冷凍食品を買って来て、電子レンジで温め食べるから、まな板、包丁のいらない時代だといわれます。それでは不健康になってしまいます。

健康について大切なことは、食物に関する知識であり、それを実行する意志の力です。食物についての知識が欠けると、病気にかかりやすくなり、一生においてどれほど多くのマイナスが生ずるか分かりません。

特に、玄米、野菜、果物、海草、小魚など、生気のあるもの、また、生で美味しく食べられるものは、キャベツ、レタス、セロリ、大根、キュウリ、ネギ、トロロ芋、ニンジン、オクラ等。自然の生気ある食物は、ビタミン、ミネラル、酵素など数多くの栄養素を含んでいるからです。

健康な体で過ごすには、まな板、包丁を使って料理をし、食物の実、根、茎、皮等食べられるところを全部食べれば、栄養のバランスがとれ、血がアルカリ性の正常な状態になり、肉となり、骨となって体質が造られるわけですから、ものぐさしないで食事が楽しくなるよう、巧みに栄養のバランスを考え実行することです。

また、サークル活動など共同でとり組み、討議、実験、実習、調査、見学など創意的にとり組む姿勢が大切です。そして、どんなところにいようとも、つねに、人々の役にたつ人になろうという意欲や、能力を発達させ、ボランティア活動などにも、ぜひ参加してほしいと思います。

なぜなら、若さの可能性は無限だからです。

若いうちに、多くの人に接し、苦労を重ね、体験から学んだものは、その後の人生を豊かなものにします。しかも学習の過程で、若い人は自分でも信じられないような力を出すことがあります。自分の力を知るためにも、ぜひ若い人に社会参加をと訴えたいと思います。出会いが世界を広げてくれます。

これから、ますます日進月歩で教育変革の時代の波は押し迫って参りますが、生涯の自分の生活設計の体制作りをし、具体的な計画を立てて、生涯のカリキュラムを作成してほしいと思います。そして、常に自分自身を見失うことのない、立派な社会人に成長してほしいと思います。

2

幸福への出発

女のつつましさ

男女同権などと叫ばれていても、やはり女性特有のつつましさが欠けていたら、全く、魅力がなくなり、殺風景になってしまいますから、常に謙虚な態度は失いたくないものです。

何事も手早く、物事を知り、考え、判断する能力を身につけ、女性としての知性を磨いていきたいものです。それと同時に、社会変化に伴う知識、技能、幅広い教養を身につけたいものです。「知性」のある女性は、自分も周囲の人々も幸せにします。

真の男女平等は、男性、女性の違いを認めることであると思います。なぜなら、男性には男性の、女性には女性の特質があるからです。女性特有のつつましさが欠けたら、生活にうるおいがなくなり、無味乾燥なものになってしまいます。家庭を明るく幸福にするのもひとえに女性の知恵によるといっても、さしつかえないと思います。

また、社会は各家庭の集団であり、平和な家庭なしでは、平和な社会があるはずがないのですから、責任は女性の力に期待されるところが大きいわけです。

このように、良くも悪くも、女性の心がけ次第で、どのようにでもなっていくのですから、よりよく生きるために、常に努力し向上し、早く聡明な女性に成長したいものです。聡明な女性の前には衝動的な男性も、つつましやかになり、自己の欲望もおさえられ、協力の方向に歩みよってくれると思うからです。

特に、反省しなければならないことは、私達女性は、仕事、家事と多忙な日々をすごすなかで、ともすれば知識の向上をはかる教育的なことを忘れているような気がします。

この複雑な現代社会を生きるには、私達女性も知識向上のため、各種のサークル等に参加し、なんでも学んで身につけ、少しでもいいから、教養を高め、豊かな心や、つつましさを養うよう心がけたいものです。

妻の優しさ

今日の社会において、女性が広く社会に参加する機会というのは、男性のそれと比較して、まだ少ないと思いますが、それでも以前と比べると、社会参加をする女性の数はずっと増えてまいりました。共稼ぎが増え、毎日多忙で疲れきった女性も多くなりました。一方「女は家に居て家を守るのが役目である。」という考えが当然のように思われているところもまだあるようです。

女性の生き方は、バラエティーに富んできました。でもどんな生き方をするにせよ、家庭にあって女性は、太陽のごとき存在でありたいと思います。夫にとってはよき妻であり、子どもにとってはよき母親、そして地域の人々の中にあってはよき仲間である。そして、あなたがいるから家が明るく、あなたがいるから毎日みんな楽しく働ける、というのが、理想的な姿でありましょう。共稼ぎの主婦で毎日が多忙でも、この心づかいだけは忘れてはならないと思います。

一方家に閉じこもっている女性に対しては、「家を守る」ということと、「家の中に閉じこもっている」ということは同じではないということをお話ししたいと思います。

昔は十年を一昔といいました。今は一年が一昔といわれるほど変化の激しい社会です。若い人の考え方も、夫の職場をとりまく状況もそして地域社会も、たえず変化を続けております。そんな中にあって、主婦としての役目を果たし、家庭にあって明るい存在となるためには、社会の動きを正しく認識しなければなりません。知識や経験がゆたかで、相手の気持ちも十分理解できればこそ、主婦として、地域の仲間として、みんなを明るい方向にリードできるのだろうと思います。女性が学ばなければならない理由はここにあります。「幼き時は父母に従い、嫁する時は夫に従い、老いては子に従うべし」というのは、江戸時代の教えで、封建社会の男尊女卑の思想をあらわしていますが、幼きときは父母に従うのはよいにしても、嫁して死ぬまで、「意志」を持たない人間として生きたのでは、現代の社会にあって、賢明な女性の生き方とはいえないでしょう。

昔とちがって、今の女性は四十代になると子育てもほぼ終り、精神的にも肉体的にも余裕がでてまいりました。そんなときに自分の生きがいとなる仕事や趣味を持ちたいと思います。

子育てが終ってから始めるのもいいですが、できれば若いうちから、何かを持っておきたいものです。

母の賢さ

小さい子ども達は、無垢で天使のように美しい。いつも心の窓から新鮮なものを見つめ、話すことばが詩になっていたりするのに驚かされます。

しとしとと雨が降って電信柱がぬれているのを見て、「電信柱は裸のまんま、雨の中に立っている。」など擬人法を使って詩をほとばしらせます。

家の孫も『**なぜ人はいい言葉でのびるのか―心に響く言葉―**』の本の中の小学生の俳句を読み終ると、ノートと鉛筆を持って庭に下り、草花を観察しはじめました。しばらくして、大きい声で、

「すずらんの花が、はっぱの中で、かくれんぼしている。」と、叫んでいるので、

「その様子を、五七五の文字にまとめてみなさい。」と、言うと、

「すずらんがはっぱの中にかくれてる」と、つくりました。

その作品を、一般財団法人ゆうちょ財団の（ジュニア小学一年生）に応募すると、入選し、賞状と、額と、図書券一万円が送られてきました。家族のみんなに、「よくできたね。」と、ほめられると、本人は大喜びで、誕生祝いにプレゼントした、万葉野の花白い本（五色入り）に、絵までかいて楽しみながら、毎日俳句をつくっています。

「俳句は五七五の十七文字だけれど、そこに、七、七を加えると三十一文字になり短歌になるのだよ。」と言うと、早速、ノートと鉛筆を持って中庭を観察しながら、「黒い土がいいかな?」など迷いながら、

「かたい土わってめを出すヒヤシンスむらさき色の花つけている」などつくり、クレヨンで絵を描いて楽しんでいます。

最近、私は「芸術・文化の教育の重要性」を強く感じるようになりました。そして芸術教育は人間性の成長と結びついていると思います。

人間の内面から湧き上がる力が活動の中心であることが大切です。感受性の強い子ども達の前では、忙しくても、真剣に耳を傾け子どもと共に向上していくことが、唯一の教育と思います。

そして、いつも子どもの自主性を尊重して、何でも友達のように語り合って行ける親子でありたいものです。

芸術教育を基礎的な教育、幼児期の教育、普遍的な教育として、守り、支えて行くことが必要です。そして、芸術教育を幼児教育から積み上げようとすれば、その教育は、子どもだけの教育ではなく、若い母親と幼児のための教育でなければなりません。そういう教育が母親と子どもの自主的、主体的に沸きおこることを、私は望みたいと思います。

言葉は精神の母乳ですから、子どもの問いかけに、まっすぐ答える母親は、子どもを伸ばし、美しい心を育てます。

また、親子の読書で心を磨き、子どものなかに宿っている力をほめながら引き出していく、そして感性や知性を磨くと、人生を深く見つめる目と心が育ち、考えることが豊かになり、感じることが多くなり、語りあう言葉が美しく響くようになります。

特に、人間関係の基本は、母と子のふれあいにあります。慈しみ育ててくれる母の愛情が、人生の途上でぶつかるさまざまな場面で心の杖となってささえてくれます。

また、すこやかに育てるには、家庭ばかりでなく学校や家以外の地域、隣近所でも子どもが育てられるように、手をつなぎあうことが大切だと思います。

もっと、学校と家庭以外に子どもは「第三世界」を持たなければならないと思います。「第三世界」が、テレビやゲームやネットだけでは、ますます孤立した、歪《いびつ》な人間のまま大人になってしまいます。

普通の家庭の普通の子どもが、異常な状況に接近する等、何かのきっかけがあれば、ただちに事件に転化するというのが、今日の特徴です。

テレビのチャンネル争いから刺し殺した事件や、開成高校へ通っている子どもが、家庭内暴力のはてに親に殺されてしまう悲しい事件、また、女の子が友人を殺してしまう事件など、次から次へと続いています。

特に、最近では、川崎市の多摩川河川敷で中学生一年の上村遼太君（十三歳）が、十八歳の少年に刃物で首を切られ殺された事件など、次々と悲惨な事件が起きています。これが今の日本です。

そういう現況から、私は親子で「読むこと」の大切さを強調したいと思います。子どもの教育は、自信をもって生きるための大切な基礎工事です。

特に、読書は、頭の体操になり、心の健康に役立つからです。そして読むことにより培われる想像力は、登場人物の喜怒哀楽等の心の襞《ひだ》や、自然の美しさを感じとる力となります。想像力は、心の成長に必要なのです。

読書によって、感性や知性に磨きをかけ、歴史や、社会、自分と人生を鋭く見つめる目と心を育てたいものです。

特に、読み聞かせは両親で、子育ては親育ちだとよくいわれます。言葉教育の主役は母親ですから、子どもが自身で覚えたことばで話しかけてきたとき、たくさん受け答えをすることが大切です。

こころよいリズミカルなことばが、子どものしなやかな心に深くしみこんでいきます。そして、いつまでもそれがぬくもりとなって、子ども達の心の中に生き続けます。

3

言の葉の杖

祖母とのふれあい

私の祖母は、豊かな心で視野の広い、柔軟で愛情深い人でした。群馬県桐生の親戚の機織り工場で、料理、和裁、機織、すべてを見習いました。色白で美人でしたので、良縁がたくさんありましたが、平凡な宮大工と結婚しました。家が東京工業大学の近くだったので、大学生に下宿代は無料で食事を作ってあげ、暇な時は歴史小説や、本など読んでもらう約束で、和裁の仕事をしながら、耳学問をした人です。

一冊の本を聞き終ると、明治座や、芝居、歌舞伎など見学し、感情表現の身ぶり手ぶりなどを眼に焼きつけ、心の宝として生活してきました。

夫が亡くなると、故郷の田舎に帰省し、畑仕事をしながら和裁の内職をし、三人の息子と、一人娘を育てました。

不慮の病で二人の男の子を亡くしてからは、寺子屋にて、手作りの料理を持参して、住職から釈迦が開いた悟りなどを学びました。

善行をすれば果報（前世の行いの報い）を得、悪事をすれば不幸をもたらし、いつまでも小糠雨《こぬか》（小ぬかのように細かく、しとしとと降る雨）が降るのだよ……。と言うことも、祖母は私に教えてくれました。

また、住職からかたよらない心、こだわらない心、とらわれない心、広く広く、もっと広くという言葉を教えていただいたけれど、これは、やさしいようでむずかしいけれど悔いを残さないような生き方をしていきたいね。しかし、若いうちは、自分がやりたいことをやるといい。失敗してもいい、間違ったらやりなおせばいいのだから、逆境こそ人を飛躍させるのだから、お前達のお母さんの母親は、医者の娘で体が弱くて子どもを産むと、すぐ亡くなってしまい、子どものいない親戚に養子に出されて育ったそうだよ。しかし、五年後に弟が生まれると、何事にも冷たくされ、風のうわさで自分がもらいっ子であることを知り、どんなに冷たくされても、耐えて生きてきたそうだよ。成人して地主の農家に嫁《とつ》がされて、三人の娘達に和裁や料理を教え、末娘のお前達のお母さんは手が器用だったので、美容理容を習わせ資格をとったそうだよ。自分の未来を開く力は、自分自身の挑戦にあるのだからね……。

一本の木がすくすくと育って、枝がふえて葉が出、実を結び、そして春風を受けて、一つの形をつくり上げ、長い命をたもって充実していくように、人間も苦しみが多ければ多いだけ喜びも大きいわけだから、苦しみを土台とし、バネとして何事も頑張りなさい。

心を広く深くし、すべてを吸収していけば恐ろしいことはなにもないのだよ。これから生きていく人生の杖となるのだから……遠く視野を広げて、楽しく学べる方法を考えて、一日を生涯と思って、無駄なく過ごしていくといい。とにかく、自分に与えられた宿命や運命を受け入れて、その中で、自分のやれることをやっていけばいいのだよ。

まず、自分の手の届くところから、日常や、現実を掘り下げていくんだよ。それが一番、楽しい生き方だと思うよ。そして、何が起こっても揺るがない、強く深く生きる力を引き出し、心を鍛えれば最後は勝つのだよ、と力づけて話してくれました。

特に、祖母は、教員になったばかりの姉に、こう励ましました。

「教育とは愛であり、愛は心をかけることであり、心をかけることとは、骨を折ることなのだよ。教育は大変な仕事だけれど、石の上にも三年だから、がんばれよ。」

「教師の中にも、気の合わない人は必ずいるから、その時は、嫌いな人の長所を見つけるんだよ、人をいやがらせる天才な人、また、距離をとって話をする人など……、相手を知ることが一番大切なのだよ。」と。

人は十人十色と言うから、人を見て法を説かないといやな思いをするから気をつけなよ、人生には何度も、不調のような時期があるけれど、自分の可能性を信じ徹底して継続し、習慣となるまで努力すれば自分の力となるんだよ。

特に、自分の頭への投資は「読書」だからね、覚えるのでなく、考えること、この世の中を知るために学び、自分を磨くのだよ。と、生きる誇りを与えつづけていました。毎日一冊の本を読む、優秀な姉でしたが、祖母の話にはいつも真剣に耳を傾けて聞いていました。

また、私の幼稚園の研究授業の時にも、いいアイデアを考え出して教えてくれました。白いフランネルを黒板に張っておき、孝子は絵が上手だから、話の中に登場する動物、花、汽車、お月様など描いて、その裏にネルを張り、黒板のネルにつけると落ちないから、紙芝居のように、それを見せながらお話するんだよ。畔道などは茶の毛糸を切っておけば、ネルにすぐつくから簡単だよ。そして今教えている蛙の歌とか、月夜の歌を入れて合唱させ話の中に参加させると、子ども達はよろこんで生き生きした授業が出来ると思うよ……など知恵をかしてくれました。

特に、妹は小さい時から運動神経がよく、男のように活発でした。五歳の時、柿の木に登っているのを見て、祖母は、

「あぶないから、ゆっくりおりてきなさい。」

と、声をかけ、おりてきてから、

「柿の木は折れやすい木なんだよ。折られた柿の木も痛いだろうが、木から落ちて足や手を折ったりして、怪我をするお前も痛い思いをするのだよ。そして、家族みんなに心配をかけることになるんだよ、少し反省しなさい。」

と言って、しばらくの間、紐で柿の木にしばりつけたこともありました。それから、妹は素直になり、祖母の言うことを聞くようになりました。

妹が一人息子（医師）の名前を、祖母の名前一字をとってつけたのも、厳しい、そしてやさしい躾《しつけ》で育ててくれた感謝の心が息づいていたからでしょう。

夏になると、伯母の招待もあって、祖母は孫達をつれて静岡県に連れて行ってくれました。

祖母は、美しい自然を孫達に見せたかったようです。いつも裏の海岸に連れていってくれました。

弟は、美しい海を眺めながら、小学校で習った歌を思い出し、「海は広いなー　大きいなー」と大きい声で唄っています。あの時、海原は光を浴び青白い真珠のようでした。

きらきらと幻のように夢を映して姿をかくす。そして、空と雲を真紅に染めながら、太陽が顔を出すと、祖母は、手を合わせ頭を下げていました。

「自然はすべて命が宿り生きているんだよ。人間は、太陽と共に起きて、太陽と共に休む生き方が一番だよ。そして、十年先を考えて何事も努力して頑張るんだよ。」

と、教えてくれました。特に、躾には厳しい人でした。

「新しく仕立てた着物が崩れないように、縫い目、縁などを仮にざっと縫い付けておくと着物が上手に仕上がるのだよ。それと同じように小さい時から躾を早く覚えさせないと、大人になってからでは、身につかず遅いのだよ。特にどこの家に行ったときでも、自分が入ったトイレは、必ずきれいにして、スリッパを揃えて出てくるんだよ。」

と教えられました。弟は伯母の家でも、一番早く、玄関、トイレの掃除までやるので、みんなに驚かれました。祖母の言葉は、孫の心まで変えました。

夜になると、童話や童謡を語り唄いながら聞かせてくれました。

「人間には、無限の可能性があるのだから……努力するんだよ。」

と泉の如く湧いてくる温かい言葉を孫達に語り、人生を深く見つめる目と心を培って、生きる知恵を教えてくれました。

特に、歴史小説が好きで、大石内蔵助、源義経、巡礼おつる、山内一豊の妻、曽我兄弟の仇討、など、胸を打ち、心に迫るお話で、何度でも聞きたいと思いました。

時折、祖母は御詠歌を丸い南部の鉄を木槌《きづち》でならしながら、詠唱していました。その美しい音色は、美しい白蝶が舞い上がっているようで、姉と私はどんなに心が癒されたかわかりません。

祖母は、隣近所の人達にもお話を聞かせたり、料理、薬草の作り方まで教え、みなさんに慕われました。お通夜の時には、みなさんから、大きな穴が空いてしまった……と、悲しまれ惜しまれました。

私は、火葬場で、煙突から大空に流れ行く煙を眺めながら、生前祖母が語っていた、空を行く雲のように、川を流れる水のように境遇に順応して行動し、生きていくのだよ……という言葉を思い出し、涙が止まりませんでした。

平成二十六年二月十八日付の茨城新聞に参議院議員岡田広氏（内閣府副大臣兼復興副大臣）が寄稿した中に、次のように水について記載されていました。

大河ドラマ「軍師官兵衛」は、晩年は水のように生きたいと願いを込めて、黒田如水と名を改めました。水は爽やかです。力強いです。どんな汚いものでも洗い流してしまう大きな包容力を持っています。水は高い所から低い所へと流れていきます。それは自然の摂理であって何びとたりとも流れを変えることは出来ません。

「『初心忘れるべからず』は、世阿弥《ぜあみ》の言葉であり、水の論理です。」と。また、私の友人で住職である高倉知義先生から、毛筆で達筆な、「行雲流水」の色紙が贈られてきました。

私は、その言葉をかみしめながら、祖母も水の論理（物事の法則的原理）を学んでいたのかと、改めて祖母の偉大さをしみじみと、感じました。

夏休み、大学の恩師で、書家である平山観月先生（文学博士）が、下妻一高、二高の書道部の生徒達に講師で指導に来られた時、私の家に泊まっていただいた事がありました。

その時、昔の話を聞かせて下さいました。教育大の講師応募の時私は、一字一字真心こめて履歴書を書き提出したので、大勢応募者がいたのですが、抜擢されました。文字は訴える力があるんですね。

「たしかに、その人の書く文字から性格や心理状態までわかると言いますものね……学校で書道を教えるのも、書くことで、脳に刺激を与え、脳の機能が発達したり安定するからですよね。」

と、言うと、先生は昔を思い出しながら、

「私の同僚に、書道は文学ではないと発言した人がいたんですよ。私は、無言で二十年間、弘法大師（空海）の研究を重ね博士号を修得したら、一番先にその同僚が、どうすれば博士号を修得できるのか教えてくれと来たのには驚きましたよ。」と、言いながら筆と和紙を取り出し、魚心水心（魚心有れば水心）と書いて、私に下さいました。何のおもてなしも出来ませんでしたが、これらの書や、言葉は私の大切な宝物となっています。

祖母（七十八歳）の葬儀の時、静岡県に嫁いだ伯母が、大きな鰤《ぶり》を三本リュックに入れて帰省しました。背面青黒色で腹面は白色、肉は赤く、活きが良く、近所の魚屋さんにお願いして、親戚や近所の皆さんに食べていただき大変喜ばれました。

伯母は、母親から人の幸せは、人の役に立つこと、人から必要とされることなど……教えられ、躾が厳しかったので、料理、和裁、編物等、なんでも出来る人でした。一人娘が義務教育が終る頃、夫が亡くなってしまったので、親戚（従兄）の菓子店（川端康成氏の許可をいただいた伊豆の踊子の菓子で有名）の従業員達の食事等依頼され、料理がおいしいので大勢の人達に喜ばれていました。暇を見つけては従業員の靴下・手袋・チョッキ・ハンテンなどプレゼントしていたので住み込みの従業員達から母親のように慕われていました。

私の父母達にも、セーター・チョッキ・毛布まで毛糸で編んで贈ってくれました。

一人娘の従姉も伯母に似て、針仕事はもちろん料理が上手で伊東市川奈に食堂（間瀬）を開店しました。

伯母も、田舎料理や、おしんこ類など、おいしく作ってサービスするので、たちまち評判になり、映画関係の人達が多数出入りするようになり、壁には多数のサイン入りの色紙が飾られ繁盛を続けています。

伯母は、九十二歳で亡くなり、葬儀の時、喪服を着た男性達が勢揃いで死を悲しんでいました。

住職さんも、しみじみと
「毎日ご主人様のお墓参りを務め、その度に、おいしい料理を持参して下さり、お寺の行事の時は、率先してお手伝いして下さる、徳のある人でした。戒名は、最高の名をつけました。」と賞賛していました。

私の隣にいた従兄の菓子店の社長も、「温厚な人柄の人でした。そして、いつも弟の子ども達は優秀なんですよと、ほめていましたよ。帰り私の茶室に寄って行きませんか。」と、誘われ、私達姉弟一同、茶室を見せていただきました。苔《こけ》の美しい庭、すばらしい陶器や、有名な方の掛軸、美しい品のある茶菓子をいただきながら感嘆していると、社長が静かに、「私は、絵が好きで、よく横山大観が、海岸で絵を描いているのを見学に行っていたんです。その時、家でつくっている菓子類など持参して差しあげていたので、なにもお返しするものがないから……と、その時、ボタンの絵を描いて私にくださったんです。私は、それを表装し、友人達と鑑賞し、茶会を開いていた時、茨城出身の方が、茨城美術館に是非貸して欲しいと依頼されたのですが、いただいたものをお貸しするのは失礼かと思い、二度も断ってしまったんですが、三度目の時は、こころよく貸してあげました。父は、骨董品が好きだったものですから、有名な方の書や、絵画・陶器など、蔵にたくさんあるので、同じ趣味の人達と、折々集まって茶会を開いているんです。」と、おっしゃいました。するると、姉が「最高の趣味ですね。書や絵画、陶器などから、作った人の心や性格までわかるといいますものね。そして、四季折々の花を活けて鑑賞し、心豊かに生活していると、年をとるのも忘れてしまいますね。」と賞賛しました。私達家族も、大変眼の保養ができました。

人間、命の灯が消えていくまで、自分の運命を美しくデザインしつつ、心も体も、豊かに生きることだと、しみじみ思いました。

作家とのふれあい

土屋文明先生

私と短歌との出合いは、大学三年の春でした。アララギに入会している、文学部の岡部光恵先生の勧めで入会しました。そして、土屋文明先生の添削を仰ぐことができました。

一途なる思いを断ちてこの日頃
　家にこもりて手習いをする

と、提出すると、

「一途なる思いはいいのに、なんで断ってしまうのか?断ちてに変わる表現はないか。」

と言われ、わびしく……と言うと、

「その表現でいい」など指摘され、言葉の表現には、非常に厳しく指導して下さいました。

琴の音の静かに響く夕の暮

うのの垣根にたたずみて聴く

という短歌には、心は琴の音か、それとも卯の花なのか?と言われ、琴の音と答えると、卯の花もきれいだから、普通の垣根にするといい、きれいなものを二つとり入れると、焦点がぼけてしまうから注意するようにと、ご指導をいただきました。

私は、土屋文明先生に添削された事を、岡部光恵先生にお話すると、先生は、「私は添削してもらう一ヶ月間、いろいろな言葉を入れかえて工夫し、どれがふさわしいか?当日まで練って持参するよう心がけて出席しています。」と、お話して下さり、頭が下がりました。それまでの私は、自由気ままに、一気に表現していたけれど、いろいろな言葉の使い方の大切さをはじめて知り、驚嘆してしまいました。

それが、今、私の心の糧になっています。

宮尾登美子先生

水戸市文化会館でのある日のことです。午前中は読書感想文の表彰式を行い、午後は作家の宮尾登美子先生の講演会がありました。

私は、事務局担当だったので、先生の送り迎えを致しました。着物姿でいらっしゃるのかと、ホームに待っていましたが、着物姿の人は一人もいませんでした。

すると、後ろの入口から、ピンクの水玉模様のパンタロンスーツで降りていらっしゃったので一瞬驚いてしまいました。

「宮尾先生でいらっしゃいますか?お迎えに参りました。」

と、右手に持っていらっしゃった黒いケースをお持ちすると、先生は、

「このケースの中の着物は、宇野千代先生からいただいた椿の着物ですの……今日、秘書と同伴する予定でしたが、今朝、車の事故でこられなくなりましたので、お手数かけます。」

と、おっしゃいました。

水戸駅南口から、タクシーを拾い文化会館に向かうと、多勢の人達が正面玄関に並んで

歩いています。千三百人の会場が、満席になりました。

裏口から、宮尾先生を畳の控室にご案内し、トーストとコーヒーを御馳走し、着付けのお手伝いをしました。すると、先生が、突然、

「椅子はいらないといいましたけど、テーブルから帯が七分《ぶ》ほど見える位にして用意してください。」とのことなので、急いで係の方に準備していただきました。会館の一番後ろの高い所から眺めると、帯七分の位置は、座っていても立ってお話している姿にしか見えませんでした。さすが宮尾登美子先生は、頭を使った緻密な方だなと思いました。

写真を数葉とってさしあげ、お送りしました。

すると、和紙のハガキに丁寧に、

「お忙しいところ、何枚も写真をとってお送り下さいまして、ありがとうございました。」

と、心のこもった礼状をいただきました。

早船ちよ先生

その日は、早船ちよ先生の講演会でした。

私は、事務局担当だったので、先生の送り迎えを致しました。先生は小豆色のジャージ上下に、黄色のレインコートを着て帽子をかぶり、リュックを背負っておられました。質素なご様子は、宮尾登美子先生とは対照的でした。女優、吉永小百合さんが主演された『キューポラのある街』の作者とは、誰も気がつかない服装でした。

しかし、講演の中味は濃く、すばらしいお話でした。講演料の予算がとれず少なかったのでお詫びすると、

「私には過分でございます。」と、謙虚な人柄の先生でした。

昼食を共にしながら、映画の話や、本の話になり、私が思わず、「本の題名を考えるのは、なかなかむずかしいですね。」と言うと、

「何か、お書きになっているんですか?」と問いかけてくれました。

「三年前、愛されないで責められ、馬鹿にされ、軽べつされ続けてきた子ども達との出会いがありました。私は、生徒と教師の人間関係をよくするためには、生徒と共に語り、

共に聞き、共に見ることだと考え、日曜日、ワゴン車に乗っている技能員の方にお願いして、ダンボールの中に、スイカ、ダイフク、センベイ、アメ、ジュースなどつめこみ、公園に連れて行ったり、お寺参りをしたり、筑波登山等をしたりしました。そうして知的障がいの生徒達が、少しずつ〳〵心がめざめていく様子を記録していたので、題名は『鈍行列車』がいいかな等、考えていたものですから……。」とお話すると、早船先生が、

「鈍行列車だと、遅くて鈍いと言うことで、侮辱しているように聞こえるから、技能員のおじさんの乗っている車、どんな色だかわからないけど、例えば、赤色だったら、おじさんの赤いワゴン車など……どうかしら……先生と生徒の温かい心のふれあい、いいお話ね。あたためておきなさい。ドラマになりますわよ。」

と、おっしゃいました。お褒めの言葉をいただき、私は感激でいっぱいでした。

恩師とのふれあい

浅野　晃先生　立正大学名誉教授

大学の卒業論文（斎藤茂吉研究）の指導主任であった浅野晃教授の家を訪問し、『短歌のすきな中学生』の本を批評していただきました。

このご本に出ている中学生のみなさんの短歌を見て、わたしは正直なところ、びっくりしました。どの歌も、どの歌も、生きているからです。生きている歌は、よい歌です。わたしは心から満ち足りた楽しさを、味わうことができました。これはじつに有りがたいことです。

そこで考えました。どうしてこのように、どの歌も、生きているのだろうか、そして、わたくしは気がつきました。このご本の表題が、『短歌のすきな中学生』であることです。「すきな」ということ、そのひとことに秘密があったのだということに、わたくしは気がついたのです。

　これらの短歌をつくった中学生は、短歌がすきなのです。すきだから、生きた短歌がうまれたのです。では、この人たちは、どうして短歌がすきになったのでしょう。それは先生が、短歌がすきであったからです。先生であるこのご本の著者が、短歌がすきであったからです。すきこそ物の上手なれといいますが、どんな仕事でも、すきになればしめたものです。すきになればなるほど、人はその仕事に打ちこみ、いのちのすべてを生き抜きます。

　そういえば、わたくし自身も曾ては一人の『短歌のすきな中学生』でした。

　わたくしがはじめて短歌をつくったのは、小学校の六年生の時です。同級生の飯島(正)君から手ほどきを受けて、夢中になってつくりました。中学生になってからも、いよいよ短歌がすきになり、三年生のころに「アララギ」に入会して、島木赤彦・斎藤茂吉、両先生の添削を仰ぐことができました。わたくしが短歌に熱中したのは中学生時代の頃までで、そののちはしだいに自由詩の方に移ってゆきましたが、それでも、「曠原」という一冊の歌集があり、いまでも短歌との縁はつながって居ります。

　ただ、『短歌のすきな中学生』だったわたくしには、短歌のすきな先生がおりませんでした。いや、いなかったのではありません。小学校で三年の時から五年の時まで、わたくしらの担任であった北条数馬先生という方は、短歌を作って居られたのです。しかし小学校のころのわたくしはそのことを知りませんでした。北条先生は小学生のわたくしに短歌の話をするのは早いと思って、知らない顔をして居られたのでしょうか。中学の二年生のころ、本屋で「心の花」という短歌雑誌を見ていたら、北条先生の歌が出ているのです。それもはじめの方に、半頁を占めて、十首も出ているのです。わたくしは驚いて、さっそく先生のお宅を訪ねて、そのことをお話しすると、先生は頭をかいて、「とうとうみつかったか」といわれました。そしてガリ板で刷った小さなご自分の歌集を一冊、わたくしに下さいました。先生は教室で短歌を教えて下さらなかったけれど、歌のすきな先生に三年のあいだ教えをうけていたわたくしは、知らず知らず先生の歌ごころを感受して、わたしく自身の歌ごころをつちかっていたものに違いありません。

このご本に歌が出ている中学生のみなさんは、じかに先生から短歌を教わったのですから、本当に仕合せな人たちです。先生の歌ごころが、いきいきと溢れ出て、それが生徒諸子の歌ごころと出会い、それを引き出し、育て、深め、高め、そしてこのようなみごとな生きた歌がうまれました。

最後に申したいのは、郷土が生んだすぐれた歌人、長塚節のことです。長塚節は、わたくしがいちばん尊敬している歌人です。三十七年の生涯を歌と郷土のために捧げた大英雄です。節のことを想うとき、誰もが宮沢賢治のことも想い出すでしょう。わたくしは、前に下妻の高校に勤めて居られた小口潤一先生のご案内で、節のお墓にもお参りし、長塚家を訪れて数々の貴重な遺品をも拝見することができました。すでに十五年も昔になりますが、昨日のことのように記憶にあざやかです。長塚節の歌ごころはいまも生きて、これら中学生のみなさんの歌ごころを生かしているのでしょう。

吉田瑞穂先生　詩人

『しおまねきと少年』という詩集で芸術選奨文部大臣賞を受賞した、詩人吉田瑞穂先生の家を訪問し、『詩のすきな中学生』の本を批評していただきました。

詩のすきな中学生たちは、さまざまな生活の中で、詩的感動をとらえて詩を書いています。詩が書けるということは、詩的感動を把握できるように、ものごとに気づくよい生活をしているからです。

しかも、この本の詩の中の生徒たちは多方面の生活にわたって詩のタネを発見しているので、作品は多様化されています。そして、表現するにあたっては、どの作品も自分のことばで、形象化しています。往々にして、中学生の書く詩には、誇張しすぎたことばがあったり、肩をはりすぎて書いたり、おとなのまねをしたり、目ことば（熟語）を使いすぎたりする傾向があります。それらは、なまにえのテンプラになってしまうのです。

しかし、この本の詩は、作者の実感をもとに、作者の実感にもとづく独自のことばを使って、詩の中に生活を創造しているのです。

このようなすぐれた詩ができたのは、指導された篠山先生の詩にたいする識見と、すぐれた実践指導によるものと思います。

それでは、どんな風に指導されたのでしょうか。

まず、生徒の身近なところの「わたしの部屋」「家族のこと」「家の手伝い」からはじめ、「学校生活」や、少年時代でいちばん興味のある「遊び」で「友だち」のことから出発しています。それから、生徒をとりまく周囲の自然や社会に目をむけさせ、最後にはとくに内面的に「自己を見る目」を育てています。なお、少年期としての異性へのめざめや、十五歳時代の夢や希望など、ロマンの世界を表現させているのです。こういうことは、教師対生徒の間に、あたたかくて、のびのびとした開放された自由な世界があったから、果たせたことと思います。

しかも、生徒の詩のことばは、中学生の詩の持つ欠点を払拭して、示唆に富む表現に到達しています。つまり、中学生としてのことばの適当な高さをねらい、てらったような難解なことばを使っていないということです。

とくによいと思ったことは、言語機能としての伝達力があるということです。最近は、小学生の詩にも難解なものがあらわれていますが、これは、シュール・レアリズムの技法を子どもに強いているからです。私はそういう詩を、文科大学の卒業生に読ませてみたが「わからぬ」といっていました。中学生の詩の指導までも、ある教師はシュール・レアリズムのまねごとをしていたりするのです。

私たちの指導する小・中学校の詩は、「学校詩」とでもいってよいわけで、詩人の卵を作るのではないから、ことばの機能を忘れた詩表現については慎重であるべきだと考えます。

この『詩のすきな中学生』の「花の死」「めざめ」「希望・夢・幸せ」などの詩ことばは、中学生も共感できる高さをもった作品ですから、よく味わってほしいと思います。

また、このようなよい詩が生まれるようになったのは、篠山先生のよき指導のたまものと考えてよいと思います。

では、どのようにして、すぐれた表現指導の基礎を培養されたかということを記録でしらべてみましょう。

このことは、第二章の「美しい詩をつくるには」のところに、詩をつくらせた経験がしるされています。

国語の教科書などで、詩を鑑賞することも、表現へむすびつきますが、表現させるためにはそれだけではじゅうぶんではありません。ですから、基礎として、「主題のとらえ方」のところで「どんな詩的感動をとらえるか」「どんなに表現するか」ということを指導作品を使ってのべています。そのつぎには、省略することによって、作品を「ひきしめる原則」について説明しておられます。

なお、表現を豊かにする基礎指導として感受性を育てることにも努力しています。この実践指導については、未だ、誰も手をつけたり、記録をつくったりしていなかったように思います。ですから、篠山先生の独自の実践として特筆してよいと思います。以上のような指導で育てられた生徒たちは、第一章の「詩はどこから生まれるか」にのせてあるような、すぐれた作品を生み出したのでしょう。

篠山先生は、さきごろ、歌集『あけぼの』や、『花の歌・随想』『詩のすきな中学生』『アメリカ・歌日記』など、かずかずの著書を出しておられましたが、このたびは『童話のすきな中学生』を上梓されました。

それらの著書には篠山先生ご自身の文学作品と、中学生を育てるための実践記録的なものが共存しています。そこに、私は大きな意義とねうちを感じるとともに、先生のお仕事のすばらしさに心をうたれるのです。

世には、自分自身は文学作品を書いていても、児童・生徒の表現活動にたいしては関心がうすいという傾向があります。それは個人の自由でありましょう。しかし、篠山先生の場合は、生徒への愛情と自分自身の文学的情熱とが合体して表現活動にもちからをいれておられるのです。そこに先生の業績の独自性があり、えらさがあると私は考えています。しかも、こんどのお仕事は日本の教育で、以前から言われていたことを、じっさいに行動にうつしておられるのです。それはどんなことかというと、表現における「想像・創造」の問題です。

日本では、むかしから児童・生徒の表現活動（文章表現）について、創造性ということにはふれていましたし、耳新しいことばではありません。最近の国語教育では「表現と理解」という立場で「表現」を重視するようになりましたが、その「表現」の中で、創造性についての積極性はどのように考えられているかが問題です。

ところが、篠山先生の『童話のすきな中学生』には、今まで手うすだった生徒の「想像から創造へ」という生活が強調され実践されているのです。つまり、従来からなされていたリアルな生活の中から価値ある文材を把握し、表現し、そこに新しい生活を表現させるという仕事の上にプラスして、あらたに、想像のつばさをはばたかせて、新しい世界を創造させようとするアイデアがあります。そこに新しい発展があると思うのです。

ふりかえって、すこしばかり過去のことを考えてみますと、児童・生徒の表現活動(綴方・作文)においては、日本は世界第一といってよい実践があったと私は考えています。その実践作品は主として児童・生徒の生活の再現的表現性といってもよいような傾向がつよかったのです。それはそれとして、むろん大きな価値はありました。

昭和のはじめ、私たちの先達、田中豊太郎先生は、『生活創造の綴方教育』という著書を出しておられましたが、その影響もあって、それ以後、熱心な国語教師は児童・生徒に童話を書かせて想像から創造へのコースを歩いていました。しかし、それはわずかな人たちだったのです。

こんにち、教育思潮として想像から創造へということは考えられているとしても、その実践は薄弱なものではないかと考えています。

こういう時代に、篠山先生の生徒たちは、先生のすぐれた指導のもとに、自らすすんで想像から創造へのコースをあゆみ、すぐれた作品を生み出しています。その作品は、おとなたちの作品にはないような独特の味わいがあり、しかも文学性もゆたかで、中学生らしいゆめがいっぱいです。「二つぶの米」「フーコの旅」「雪の夜のキャンドル」「残り雪の中に」「ヤッタゼ進級仕掛人」など、中学生でなければ書けないような感覚と想像と思考とがあり、しかも芸術性ゆたかに昇華されています。作品がここまで到達するには、篠山先生の「テーマのとらえかた」「表現のしかた」という項目にあるようなすぐれた指導法によるのだと思います。

福田清人先生　日本児童文芸家協会会長

日本児童文芸家協会会長、福田清人先生の家を、吉田翠さん（本の表紙・挿し絵を描いてくれた人、吉田瑞穂先生のお嬢様）と訪問し、『童話のすきな中学生』と、絵本『お日さまのようなお母さん』（絵・吉田翠）を批評していただきました。

収められた十編の童話は、着想表現ともに秀抜多彩で、これが中学生の作品かと感心させられる。

一般に書くことが嫌いと言われる中学生も、指導によっては、このような美の表現の可能性を秘めている。

童話で書くことの楽しさを味わせ、併せて豊かな人間性を育てようとの教師の情熱と、よくそれに対応した過程を示す。

これは、良き文章、童話の指導書である。

この本は、書くことの楽しさを味わせてくれる。

絵本　『お日さまのようなお母さん』

ロマン性のある色調と構図、美しい母子像、多くの人の目にふれさせたいものです。美しいものを絵に表現してみたかった翠さんの絵を、詩で読ませてみせた篠山さん、お互いに共通したあくなき美への追及の結晶ですね。この絵は、そのままそっくり人の心を写す鏡ですね。

このあざやかな色彩は、それを読む人の心を写す鏡となって、美の世界へと導いてくれます。

この絵の中からただよってくるぬくもりと、甘い香りはどこからくるのでしょうね。お母さんのイメージを通して、美しさとはなにか、問いかける絵本ですね。

その後、『詩のすきな中学生』がＮＨＫ中学生の広場に放映され『短歌のすきな中学生』『童話のすきな中学生』が茨城県推薦図書になり、絵本『お日さまのようなお母さん』（絵・吉田翠）が全国学校図書館協議会選定図書になり、福田清人先生と吉田瑞穂先生の推薦で日本児童文芸家協会会員になりました。

はじめて、日本児童文芸家協会に出席し、輝いている男女の作家達が多いのに、田舎出の私は圧倒させられました。
これから、時間をかけて、頭をみがき努力しなければならないとしみじみ思いました。
そして、文学に対する情熱がさらにふつふつと沸き上がる思いがしました。

〈特別寄稿〉

高齢者に対する社会教育的配慮は十分であるか

齋藤健次郎先生　宇都宮大学名誉教授

私は、現在八十八歳の米寿の高齢者である。何故、見知らぬ高齢者が出て来たのかと、不審に思われるかも知れない。しかし寛容な高齢者は、あるいは私のお願いに耳を傾けてくれるかも知れないと、一文を携えて登場した次第である。私の自己紹介をすると、次のようになる。宇都宮大学に在籍していた頃、県の委嘱を受けて社教主事養成を担当し、定年退職までに約千名の社教主事を養成した。学校教育の教育経験を社会教育方面に生かしてみたいという人が多かったようである。北関東の大学で持ちまわりで社教講習会を開催したので、宇都宮大学で受講した人は、全部で四百人位かと思う。昭和時代が終わると、市町村の社会教育よりも大学で行う生涯学習の方に文部科学省の興味関心が移り、「社会教育の終焉」という本が出版されたりして、社会教育は幕を閉じたのである。

この文章は、かつて宇都宮大学で社教主事講習会を受講された篠山孝子先生の求めに応じて執筆したものであるが、私の書いた文章が篠山先生の求めに合っているのか、逸脱しているかわからない。齋藤講習会主任は性格上やや無鉄砲なところがある。浪風の立たぬように書こうと思う。

日本は高齢者が増え、高齢社会となった。少子高齢化とダブルパンチを喰っている。高齢化が進んでオレオレ詐欺が大流行という世の中になった。その被害額は、何百億円にも達するそうで、しかも年々被害額は鰻上りだそうである。

私は社会の現状が、このような犯罪を生んでいると考えている。具体例を挙げると、家族関係、地域社会生活等が自分中心の生活を作り上げているのが原因であろう。更に細かく見ると次のようになる。家の中の家族の人間関係に少しずつ、少しずつ隙間が出来て、それが拡大し、騙し騙される関係となって行く。昔から家族・クラスの人間関係の問題は教育の範囲内か、範囲外かの問題があるが、明治の教育勅語では父母に孝から始まって夫婦仲まで全部教育に取り入れている。こうなると、その効率的指導は小学校の教師には出来ないが、学校は勉強の事しか教えないと狭く限定しすぎると個人的好悪だけが強く前面に出ることになる。このように個人主義が強くなりすぎると、社会性を喪失して、ケチくさい人間となる傾向があると言われる。これを防止するのが社会教育任務であろうと私は考えている。

大学の医学部の先生から聞いた話であるが、「今後高齢者は増加の一途を辿る。今後高齢者の生存率を計算すると、九十歳まで生きるという人は50％となり、百歳まで生きるという人は、10％に達すると考えられる。この高齢化傾向を考えて医療を充実しなければならない。」と断言して居られた。今後の政治・経済・教育・行政は、ここから発生する諸問題の解決と結びついていなければならないのである。

4

言の葉のプレゼント

今日は、一九八〇年に卒業した生徒達の同窓会です。若葉のように、いつもみずみずしい新鮮な気持ちで未知へ向かって飛び出そうと、みんなで協力して、「若葉」の文集をつくりました。

この学年は、三年生の時、私の出版した中学生シリーズの本が、全国版の新聞に掲載され、それがNHKのディレクターの目にとまり中学生の広場に放映されたクラスです。

私は、あの頃この生徒達にどんな言葉を贈ったろうか……と頁を開いて見ました。

かどで

草木の芽もなごやかに伸び、やわらかい太陽の日ざしは人の心をはずませる
みんないままで期待に胸をふくらませ　語ったり　走ったり　唄ったり　踊ったり　まるで小鳥のよう
しかし　もう　あと数日をのこすだけ！
このなつかしい母校　やさしい先生方とわかれて　かかえきれぬ大きな希望と勇気をもって　高校生として　また社会人として踏み出すのです
いままでのように平穏な日ばかりはない　風も強く吹きつけるでしょう
でも　じっと　行く手をみつめ　ものの見方と考え方と——そうものごとを正しく判断

する能力　真と偽を区別する力を身につけて進んでほしい

ほら　はなのつぼみも一せいに　ほころび出し青い空に力いっぱい　においただよっている　門出を祝うように

卒業するあなたたちに

〝卒業おめでとう〟心からあなた方の門出を祝福いたします。

先日は、巣立つ日の感傷やら、反省やら、別れのことばやら、悲喜こもごものおたよりを寄せていただき、ほんとうにありがとうございました。

真実味のあふれた筆のあとを追いながら、私も、あなた方と共に歩いてきた過ぎし日をふりかえってみました。あの時、あの私の戒めが、彼の心にどのように反響したろうか。あの日の彼女の訴えを、彼女の立場になって聞いてやれたろうか――。

老婆心からふとことばにしてしまったが、もっと黙って見守ってやるべきだったろうか。

ひとりひとり、それこそ、かけがえのない個性をもってこの世に生まれて来たあなた方を、存分に伸ばしてやることができたろうか――。自分なりに精一杯やったつもりでも、残念ながら私には、その自信がないのです。

しかし、この一か年間楽しかった……思い切り自分の力を発揮できた……と述懐する文面を読んだときは、ほんとうに救われた心地がしました。

一か年の間には、晴れの日もあり、雨の日もあるように、確かに平穏な日ばかりはなかったと思います。しかし、それは作物が風雪に耐えて、がっしりと成長していくように、私たちの心身を鍛えるための小さな試練でもあり、成長のための尊い経験でもあったのです。そう思えば、くやしかったことも、悲しかったことも、いつしかほのぼのとした　なつかしい思い出と化していくことでしょう。

スポーツに、学習に、闘志を燃やし、教室に賞状のふえていくのを、他の組の人たちに自慢していたあなた方の無邪気というか、純真というか、はしゃいだ声が今なお耳もとに聞こえるようです。男子生徒を平気で呼び捨てしている女傑衆のあの甲高い声も……。

竹馬の友こそ、心を許し、腹を割って話し合える真の友だと思います。九か年間、あるいは、三か年間の交友関係をこれからも末長く続けていってほしいと思います。就職した人も、進学した人も、それぞれ、自分の道を歩み始めているのです。相手をうらやんで自分を卑下するほどみじめなものはありません。進む道は異なっても、りっぱな社会人になるために、努力していることには変わりないはずです。

「若葉会」のつどいには、堂々と胸を張って集まってきて下さい。そして、みんなで、この古巣で思い出話に花を咲かせたり、近況を披露しあったりして、旧交をあたためあってください。私も、息子や娘たちの里帰りを待つ母親のように、その日を首を長くして待っています。

末筆になりましたが、あなた方はむろん晴れの日を待ちあぐんでいらっしゃったご両親様に対し、心からお喜びを申し上げると共に、益々幸多きことをお祈りして、はなむけのことばといたします。

むらがりて帰る千鳥を窓辺より眺めて心寂しくなりぬ
桃の花匂ひ立ちたる門出かな

〝また会う日まで〟お元気で

（五五・三）

これからの長い人生の中には、上り坂、下り坂、まさかの坂も歩んでいかなければならない。そんな時、文集を開いて見ると、みんなの言葉が、心の杖となって支えてくれると思います。

私にも、苦い経験があります。茨城県では、昭和五十年頃はまだ女性の社教主事受講は認めてもらえませんでした。それでもあきらめないで毎年希望し、やっと四年目で受講することが出来ました。宇都宮大学で多くの立派な教授から講義を受け、大学生に戻ったような生甲斐のある希望に満ちた四十日間でした。

私は、学んだ事を自分の考えを添えながら、主任教授である齋藤健次郎先生にお見せすると、基本の勉強だけでなく応用の勉強もしているとおっしゃって、次年度の社教の講師を依頼されました。

田舎の中学教師が大学の教壇に立つなんて考えてみたこともありませんでしたので、驚いてしまいました。

でも冷静に、自分の勉強してきたことを、自分の考えを添えながら、講話すればいいのだと考え、お引き受けしました。

受講生達も、大変真面目に私の話に耳を傾けて下さり、私自身勉強になりました。齋藤教授より「大変評判がよかったですよ。」と、声をかけられ、うれしく思いました。

しかし、社教の資格を修得してから四年たっても、私の行政*進出は難しく、あきらめていた時、校長として赴任してこられた白田廣先生に出会いました。白田廣先生に異動の面接の時、今までのことをお話すると、

「私も教頭の試験を受けられたのは四度目の推薦でした。四度目の正直と言うこともあるから……」と推薦して下さり、やっと八年目で行政*に出られました。（*県の社会教育主事）

白田廣校長先生は、熱血先生で、自校の教師ばかりでなく、市町村の教師まで勉強会を開いて指導し、法令用語集（第二五版）まで編集して配られました。先生の御活躍は「功徳」といえましょう。

私は、平成二六年白田廣校長先生（八十八歳）の叙勲祝賀会に出席し、先生の隣席でしたので、昨年亡くなられた奥様の事を思い、「もう少し、早く叙勲を受けられたら奥様もさぞお喜びになられたことでしょう残念です。」と、申しあげると、先生は、

「勲章は、仏壇の家内にもらったよ……と言ってあげました。家内は、篠山先生の本を読んでいましたよ。」と静かにおっしゃいました。

奥様の家は、昔から教員一家で、奥様も心優しい模範の先生でした。お子様達を立派に育てあげ、良妻賢母で評判高い人柄でした。先生が立派に御活躍出来たのも、奥様の内助の功の賜物だとしみじみ思いました。私自身、白田先生との出会いがなかったら、行政に出ることは出来なかったと、心から感謝しております。

花束、記念品贈呈で、私は「ありがとうございました。」と、心からお礼を申しあげると、先生は席に腰を下ろしてから、しみじみと、「この間、谷中先生の病気見舞に行った時、私は、篠山先生に助けられたことがあるんです……と言っていましたよ。」と話してくれました。

私は、遠い昔のことを思い出し、谷中先生が、三十年前のことを今でも心にとめていたのかと、驚くと同時に感動を覚えました。

あの日、早朝、教室の窓を開けていた時に、三年の男子生徒がかけこんできました。

「先生、おれの話聞いてよ。」

「どうしたの…」と、尋ねると、

「家はよ、父ちゃんが耳が遠いんだよ。そして、母ちゃんは眼が見えないんだよ。それで、今朝、土曜日だから弁当作ってくれたんだけど、おかずの並べ方がきたなくてよ、こんなの学校へ持っていけねえよといったら、朝めしも食べるな‼と言われたから、腹がへってどうしようもねえよ。」と言う。

「あ、そう。先生、今日は朝、赤飯食べて来たので、お腹が満腹なの。先生の弁当よかったら、食べてくれる。」

「ほんとに先生いいのか。」と、笑顔になった。そしてしみじみと
「日曜日など、友達は父親と野球したり、ドライブしたりしているけど、おれはそれもしてもらえず、なんでこんな家に生まれたんだっぺと思うよ。」と、言う。

「そう、そういう不満があるんだ。でも、子どもは親をえらべないからね。でも、生まれてきたことは感謝しなければいけないよ。今まで育てて来たことは、どんなに大変だったか考えないとね。そして、自分が大きくなったら、明るい家庭をつくり、自分がやってもらいたかったことを、子どもにやってあげればいいのよ。」

「うーん。わかった。」と、彼は弁当を持って出て行きました。

放課後、「先生、うまかった。」と、弁当を返しにきた時です。

「そう、よかった。先生、最近思うのだけど、わがままに育ち、結婚してもわがままを通し、死ぬまでわがままを通すことのできる人生もあるよね。また、苦労して育ち、結婚

しても苦労を重ね、苦労のさなかに死んでいく生き方もあるよね。この世は、必ずしも人間みんな平等につくられていないんだよ。でもね、苦しみの中にあっても、人間は幸福になれると思うんだよ。ハスの花の格言の中に、「どろ沼のどろに染まらぬはすの花」と、言うのがあるでしょう。どろに染まらず孤高に咲く花という意味だけれど、よく考えてごらん。ハスの花は、どろの中でしか咲くことはできないのよ。先生のまわりの人の人生を見ても、どろを栄養にできた人は花を咲かせることができたけど、どろになってしまった人は、人生をダメにしてしまったよ。とにかく、自分に与えられた宿命や運命を受け入れて、その中で自分のやれることをやっていけばいいのよ。人生には、何度もスランプのような時期が、誰にでもあるんだよ。」

そう言うと、真剣に耳を傾けてくれました。

それから、一ヶ月頃たった昼休み、職員室に戻ると、私のお弁当を食べてくれた生徒が、ゲンコツをふりあげながら、生徒指導主任に、「スボンが太いとか、髪が長いとか、うるせんだよ。バカヤロー。」と大声を出しています。あの話のわかる子が、どうしたのだろうと、眺めていると、チラッと私の顔を見て止めてくれと言うSOSを出しているように見受けたので、急いで机上にあった紙に、

「先生と、お話する時は、言葉をえらんで話すものよ。」と、書いて渡すと、すぐ、それを読みポケットに入れて、廊下に出て行ったのです。谷中先生は、ほっとした表情で、私に、

「先生、今紙になんと書いて渡したのか教えて下さい。」とおっしゃいました。

「先生とお話する時は、言葉をえらんで話すものよ、と書いただけです。」と応えると、

「それだけで、やめるのかなあ。」と不思議そうに首をかしげておられました。

私は、しみじみと、身体障害者の両親をもち、重荷をかかえているこの生徒が、スプーン一杯の愛しか与えていない私の忠告をさとり、谷中先生に暴力をふるわなかったことが、本当にうれしかった。暗い家庭生活の中で、素直な心が、まだ失われていないことも知りました。ふれあいの中でこそ、学びがあり、そして、対応しだいで子どもは、もの分かりのよい生徒に変身するのだと思いました。

「若葉」の会の教え子達も大きく成長しました。教育相談の時、

「あなたは、小学校の先生に向いているね。」と一言かわしただけで、立派な小学校の教員になって活躍している子がいます。また、

「あなたは高校の先生に向いているね。」と一言話しただけで、高校の教員になり、今年

は、中・高一貫校の教頭になり活躍している子がいます。

本当に、教師の一言には重い意味があり、責任があると思いました。

今まで未知であった人達との出会い、温かい心のふれあいや、建設的意見を交換できることは、大変うれしいことです。同じ心を持った仲間、先輩、恩師などと、多くの事を語り知ることができることはなんと素晴らしいことでしょう。

日本にはすばらしい言葉があり、生きる誇りを与えてくれます。つらい時には励ましあい、助け合い、おくゆかしく慈愛に満ちた言葉で真心をつくせば、思いはつたわります。

また、言葉は人をつなぎ、心をつなぎ、思いをつないでくれます。そして、二人、三人とふえて輪がひろがり、より人間らしい心の豊かさや、楽しさを増すことは本当にありがたいことです。

人との出会いは人生までかえてくれます。人の一生は、いい出会いをさがす旅路なのかも知れません。

エピローグ

明治の啓蒙思想家福沢諭吉が、『学問ノススメ』の中で、男尊女卑を否定し、戦後の平和憲法のもとで、法の下の男女平等が定められましたが、日本人の意識はそれほど急速には変化しませんでした。

ところが、昭和三十年代後半から経済が急速に発展し、女子の職場進出がふえ、都市的生活様式が全国的に広まってまいりました。

このような社会変化に伴って、女性の意識や役割も大きく変化してきたのです。これが現代社会といえるでしょう。

世の中が変わるから、女性も変わるのではなく、世の中の変化を女性が見通し、よりよい生き方をさぐることこそ、私達女性の望ましい生き方だと思います。

今日の社会は情報機関がめざましく発達した映像文化全盛の時代ですので、この情報化社会の中で正しく対処してゆくには、読書が必要であると考えます。

良書を読み聞かせ、また、毎日ほんの少しの時間でもいっしょに読み、対話する。こうしたことのくりかえしで、心にうるおいを与え、思いやりのある豊かな人間に成長するのではないかと思います。

また、読むことから書くことへと活動をすすめ、出会いの輪を広げ深めることは、意義があると考えます。

特に、自分を見つめ直すことは、他人を理解する上で、最も大事なことであると思います。

二〇一五年、日本は戦後七十年の節目の年を迎えました。占領期を経て奇跡の復興を果たし、民主国家となりました。

これから、どう生きていけばいいのか、深く考えなければならないと思います。

領土問題や宗教の絡んだ流血事件、その温床である貧困など、防ぐことができるはずの人災は山積しています。

今まで、日本がつみかさねてきた、心にゆとりのある世界・戦争のない平和な世界・未来の世界に思いをひきついでいかなければなりません。

日本には、美しい四季があり、一木一草には生気がやどります。一本の花でさえ、水と空気と、太陽のめぐみを受けて生かされていることがわかります。

また、日本には美しい言葉があります。言葉はあかりとなって、心を、人生を灯しつづけます。有名なジャーナリスト（評論家）立花隆氏は茨城出身で、私の友人高倉先生が中学時代に担任しました。文武両道で学校図書館の本は、ほとんど読破する、すばらしい生徒だったそうです。小説家の吉川英治氏も、作家仲間から、人間百科辞典と言われるほど、なんでも聞けば答えられる程の読書家だったそうです。

私の友人である湯本洋子先生は、立花隆氏とは従弟（母親の妹の子）で水戸二高、茨大時代は立花（橘）家を訪問し、いろいろ語り合ったそうです。先生は音楽の教師ですが、読書家で文才があり、本の感想など快く聴かせて下さいます。傘寿を迎えた今も、子ども達や父兄達に信頼され、小学校のコーラス指導に、また、ママさんコーラスの指導に力をそそぎ活躍されていて、太陽のような存在です。それは、先生が読書家で広い知識を身に付け、読書によって培われた豊かな心の持ち主だからです。

豊かな明るい人生をひろげるためにもコツコツと、毎日少しの時間でもいいから本を読みましょう。そして、物事を知り、考え、判断する能力を身につけましょう。

温かい言の葉は、心の杖となって支えてくれます。

私は、教師として二十三年奉職し、茨城県立図書館の社会教育主事として、ＰＴＡ母親文庫を担当しました。各地区の指定校を計画訪問し、言葉を育み伸ばす読書指導は、まず、紙芝居のように最初に絵本を読んでやること、次に語り聞かせなど助言してきました。

県の読書感想文の入選作品を読むと、読書によって知的な色彩感のある感覚の鋭いことばが豊富になり、思いやりの心が育っています。これからの子ども達の心を鍛え、豊かな感性を育てるには、まずたくさんの本を読み、いい言葉（生きた言葉）にめぐりあうことだと、しみじみ感じています。

生きた言葉は、心に響く伝えあいのための言葉です。良い言葉を使うと、気分も人生も良くなり、使い方次第で秘められているすぐれた能力をはじめ、あらゆる望ましい資質を引き出すことができます。言葉は使えば使うほど増えていく「財産」のようなもので、愛と富を育んでいきます。

読書は、自分なりの思索をめぐらしつつ読めば、脳細胞が活発に働き、いろいろな知恵を学ぶことができます。

私は、学校で自分の手の届くところからと、本入れの手さげ袋を教職員と作り、毎日本を貸し出しして、一年一人三〇冊以上読書するよう実践しました。中には一人で一六〇冊以上も読む児童がでるなど一定の成果をあげました。

みんな言葉が豊富になったせいか、ＮＨＫ学園俳句大会（ジュニアの部）で学校奨励賞を受賞し、続けて、茨城県読書振興大会で読書推進運動協議会会長賞を受賞しました。最後に、財団法人才能開発教育研究財団より、第三九回、才能開発実践教育賞をいただきました。その研究成果を県西校長会で発表し、重い責任を果たすことができました。

温かいＰＴＡに支えられて、定年を迎える日が近づいてきました。退職する際に、子ども達に何を贈るか悩みましたが、私は、心をこめて、全校生徒に自分で作詞した歌を、テープに吹き込み、手作りの袋に入れてプレゼントしました。

歌詞では、お母さんの優しさなどを表現しました。母親の温かさを感じ、思いやりのある子どもに育ってほしいという願いをこめて……。

卒業生全員には、毎年子ども達が育てているすみれの花を描いて花のように明るい笑顔で、花のように美しい心でという思いで、プレゼントしました。

また、ハマグリの貝を金色にぬって、黒字で子ども達の俳句を書き、二センチ厚さ、一〇センチ正方形の板の上に、水色のラシャの布を敷き、その上にハマグリをのせて透明なビニールをかぶせ湖に浮いているようなイメージに仕上げ、一人ひとりの記念にと手渡しました。これからも、たくさんの美しい俳句を湖に浮かばせてくれるよう、願いをこめてプレゼントしました。創作活動が生きる喜びや、情熱の支えとなってくれたら、どんなにすばらしいことでしょう。

無事退職した翌日、元県西の校長会長天ヶ谷雄一先生より、「大海原をしぶきをあげての大航海、あっぱれであった。」と言う温かいお手紙をいただき、元県の女子校長会長鬼澤和江先生より、「学校経営の素晴らしさに感服いたしております。県西の、いや県内の女性管理者が、このようになって欲しいと念じてやみません。」と、身にあまる御言葉をいただきました。

私は、感無量で胸が熱くなり、今でも先生方の言葉が、私の心の中にあかりとなって灯りつづけています。

篠山孝子（しのやま・たかこ）文・画

1933年生れ。茨城県出身。立正大学文学部国文科卒業。
1977年11月　文部省教員海外派遣団に加わりアメリカ合衆国を視察。
1985年９月　茨城県婦人のつばさ（第4回）海外派遣団（事務局として）カナダ・アメリカを視察。
1994年３月　茨城県水海道市（現・常総市）立五箇小学校校長として退職。
茨城県下妻市在住。

著書：詩歌集『あけぼの』（椎の木書房）、『詩のすきな中学生』（NHK 中学生の広場放映）、『短歌のすきな中学生』『童話のすきな中学生』（虫ブックス中学生シリーズ・茨城県推薦図書）、『アメリカ・歌日記』『花の歌・随想』『鳥の歌・随想』『小さい心の窓』『女性の四季』（以上、教育出版センター）、絵本『お日さまのようなお母さん』共著（日常出版・全国学校図書館協議会選定図書）、『お母さん窓あけて―いのち輝くとき―』、『愛の毛布―いのち灯すとき―』、『なぜ人はいい言葉でのびるのか』、『輝き続ける女性となるために―心に花がひらくとき』（以上、銀の鈴社）

NDC914
篠山孝子
神奈川　銀の鈴社　2015
P80　18.8cm　なぜ いいふれあいで人生が変わるのか

銀鈴叢書　ライフデザインシリーズ　定価＝一〇〇〇円＋税

なぜ
いいふれあいで人生が変わるのか

二〇一五年八月一五日　初版発行
著　者――篠山　孝子©
発　行――㈱銀の鈴社
〒二四八―〇〇〇五　神奈川県鎌倉市雪ノ下三―八―三三
電話　０４６７（６１）１９３０
ＦＡＸ　０４６７（６１）１９３１
E-mail info@ginsuzu.com
http://www.ginsuzu.com
発行者――柴崎　聡　西野真由美

ISBN978-4-87786-526-9 C0095

〈落丁・乱丁本はおとりかえいたします。〉
印刷・電算印刷　製本・渋谷文泉閣